19 mars 1911

OBJETS DE VITRINE

BAGUES, CROIX, BIJOUX

Appartenant à Monsieur G...

CATALOGUE

DES

Objets de Vitrine

BAGUES, CROIX, BIJOUX

DES XVIe, XVIIe, XVIIIe SIÈCLES

ET AUTRES

Appartenant à Monsieur G...

ET DONT LA VENTE AURA LIEU A PARIS

HOTEL DROUOT, SALLE N° 8

LE VENDREDI 17 MARS 1911

à deux heures

COMMISSAIRE-PRISEUR	EXPERTS
Me F. LAIR-DUBREUIL	MM. MANNHEIM
6, rue Favart	7, rue Saint-Georges

EXPOSITION PUBLIQUE

Le Jeudi 16 Mars 1911, de 1 heure 1/2 à 6 heures

CONDITIONS DE LA VENTE

Elle sera faite au comptant.

Les adjudicataires payeront *dix pour cent* en sus des enchères.

Paris. — Imp. de l'Art, CH. BERGER, 41, rue de la Victoire.

DÉSIGNATION

1 — Deux bagues en argent, à chaton orné de verre. Espagne, XVIᵉ siècle.

2 — Deux bagues en argent, à chaton orné de roses pour l'une et d'un cristal taillé pour l'autre.

3 — Petite bague en or, à chaton orné d'un amour gravé.

4 — Bague en or, à chaton orné de petites pierres étamées taillées en table entourant une émeraude. Espagne, XVIᵉ siècle.

5 — Deux bagues variées, l'une en or, l'autre en argent, à chaton formé d'une marcassite et d'un cristal taillé. XVIIᵉ siècle.

6 — Bague en argent, à chaton simulant un tambour.

7 — Bague en or, composée de petites mosaïques romaines. Époque Restauration.

8 — Bague en or, à chaton orné de sept émeraudes. Espagne, xviie siècle.

9 — Bague en or, à chaton orné d'une intaille
antique sur agate : personnage accroupi.

10 — Bague en or, à chaton carré orné d'une
émeraude. Espagne. xviie siècle.

11 — Bague en or, à chaton orné d'une petite
peinture simulant des masques accolés.
xviiie siècle.

12 — Bague en or. à chaton ovale renfermant
un monogramme entouré de petits grenats.

13 — Bague en or, à chaton simulant des
rayons et orné de perles fines. Espagne, commencement du xviiie siècle.

14 — Deux bagues variées en or, l'une à chaton
orné d'un petit émail à double face : la Vierge
et l'Enfant Jésus ; l'autre, à corps orné de
petites turquoises et ouvrante.

15 — Bague en or pareillement émaillé, à chaton
orné d'un petit grenat. Espagne, fin du
xvie siècle.

16 — Bague en or et argent, à chaton orné d'un grenat entouré d'émeraudes. Espagne, XVIIe siècle.

17 — Bague en or, ornée d'inscriptions émaillées, à chaton formé d'un agneau mystique gravé en creux, du XVIIe siècle.

18 — Bague en argent partiellement émaillé, ornée d'une bonne foi et d'inscriptions. Espagne, XVIe siècle.

19 — Bague en or, composée d'un enroulement de feuillages.

20 — Bague en or, à chaton en forme de cœur, orné d'une rose teintée entourée de petits diamants.

21 — Bague en or, à chaton orné de sept grenats. Espagne, XVIIe siècle.

22 — Bague en or avec traces d'émail, à chaton formé d'un grenat cabochon. Espagne, commencement du XVIe siècle.

23 — Bague en argent forme rectangulaire, à chaton orné d'une inscription sur fond rose et entouré de strass. Espagne, XVIIIe siècle.

24 — Bague en or, à anneau double et chaton
orné d'un grenat cabochon et de quatre
pierres vertes.

25 — Bague en or, à chaton carré pavé de six
chrysolithes.

26 — Bague en or, à corps partiellement émaillé
et chaton orné de diamants taillés en table.
Espagne, xviie siècle.

27 — Bague en or. à chaton rond orné de grenats. Espagne, xviie siècle.

28 — Bague en or, à chaton rond orné de diamants tables et de rubis. xviiie siècle.

29 — Bague en or, à chaton simulant deux
cœurs et orné de pierres de couleur. xviiie
siècle.

30 — Bague en or, à chaton simulant un vase
de fleurs, composé d'un saphir et de petits
diamants. xviiie siècle.

31 — Bague en or, à corps partiellement émaillé
et chaton formé de trois petits diamants
taillés en table. xviiie siècle.

32 — Bague en or, à corps partiellement émaillé
et chaton formé d'une intaille.

33 — Bague en or, à chaton formé d'un saphir
et de deux petits diamants. XVIIIe siècle.

34 — Bague en or, à chaton ovale orné de roses.

35 — Bague en or, à chaton orné d'une émeraude et de deux petites roses. Fin du XVIIe
siècle.

36 — Bague en or, à chaton orné d'une pierre
rose sur paillon. XVIIIe siècle.

37 — Bague en or, à chaton rond orné de roses
et de grenats, et placé entre deux petites émeraudes. XVIIIe siècle.

38 — Bague en or, à chaton tournant orné d'un
scarabée antique.

39 — Bague en or, à chaton rond orné de diamants et de rubis taillés en table. XVIIIe
siècle.

40 — Bague rectangulaire en or, à chaton semé
d'étoiles sur un parquet de cheveux. XVIIIe
siècle.

41 — Bague juive en or, à corps orné de bossages et à chaton formé d'un petit édifice.

42 — Bague rectangulaire en or, à chaton orné d'un monogramme reposant sur un fond de cheveux. XVIIIᵉ siècle.

43 — Bague en or, à chaton ovale contenant un sonnet en langue italienne. XVIIIᵉ siècle.

44 — Bague en or, à chaton ovale orné d'un camée : masque humain sur agate à deux couches. XVIIIᵉ siècle.

45 — Bagne en or, à chaton formé d'une intaille, représentant un saint personnage, sur pierre verte. XVIIIᵉ siècle.

46 — Bague en or, à chaton formé d'un camée, tête de femme de profil, sur prime d'émeraude. XVIIIᵉ siècle.

47 — Bague en or, à chaton ovale orné d'un camée à deux couches : personnage étendu et amour. XVIIIᵉ siècle.

48 — Bague en or, à chaton ovale orné d'un camée sur agate à deux couches formé de trois figures humaines et d'un masque accolés.

49 — Bague en or, à chaton ovale orné d'un buste d'homme en bas-relief en biscuit : Portrait présumé d'un souverain de la maison de Bragance. XVIIIe siècle.

50 — Bague en or, à chaton ovale formé d'une intaille sur pierre noire figurant les trois grâces et entouré de perles fines.

51 — Bague en or, à chaton ovale orné d'un petit biscuit à fond bleu : figure du Temps, entourage de demi-perles. XVIIIe siècle.

52 — Bague en or, à chaton ovale orné d'une intaille sur cornaline à personnage.

53 — Bague en argent, à chaton ovale orné d'une intaille sur nicolo : tête d'homme de profil, entourage de petits brillants. XVIIIe siècle.

54 — Bague en or, à chaton ovale tournant, orné d'une intaille sur améthyste : chimère.

55 — Bague cabalistique en or, à chaton octogonal orné d'une inscription sur jaspe sanguin.

56 — Bague indienne en or, ornée de personnages et de petites perles.

57 — Bague marquise en or, à chaton à fond
de verre bleu et orné de roses. France,
XVIIIe siècle.

58 — Bague en or forme marquise, chaton
ajouré, orné de roses et de petits grenats.
Espagne, XVIIIe siècle.

59 — Bague en or forme marquise, chaton
ajouré orné de roses, entouré de perles
fines. Espagne, XVIIIe siècle.

60 — Bague en or forme marquise, ornée d'un
cœur exécuté en roses sur fond de verre
bleu. XVIIIe siècle.

61 — Bague ovale en or forme marquise, à
chaton ajouré orné de roses.

62 — Bague-montre, ornée de roses. France,
XVIIIe siècle.

63 — Bague en or, à chaton ovale orné d'un
petit arbuste simulant une agate arborisée.
Entourage de petites roses. XVIIIe siècle.

64 — Bague en or dite rivière, à chaton orné
de sept roses. Époque Restauration.

65 — Bague en or, à chaton ovale orné d'un
monogramme exécuté en roses sur verre
vert et placé au-dessus d'une devise.
xviiie siècle.

66 — Bague en or, à chaton octogonal, ornée
d'une petite peinture : l'Amour, les yeux
bandés, conduit par un chien, avec l'inscrip·
tion : *L'amour trouve moyens.* Fin du
xviiie siècle.

67 — Bague en or, à chaton ovale orné d'une
miniature : Portrait de femme, les cheveux
poudrés recouverts d'une mousseline blanche.
xviiie siècle.

68 — Bague en or, à chaton contenant une cire
coloriée : Berger jouant de la cornemuse,
accompagné d'un chien. xviiie siècle.

69 — Bague en or, à chaton contenant un fixé :
vase de fleurs, attribué à *Van Spaendonck.*
xviiie siècle.

70 — Bague en or, à chaton ovale contenant une petite peinture en grisaille : Cortège de personnages, d'après l'antique, signée : *Sauvage*. XVIIIe siècle.

71 — Bague en or forme marquise, à chaton contenant une miniature : Jeune femme assise, avec l'inscription : *Je renaîtrai sous un meilleur climat*. Au revers, la date *1787*.

72 — Bague en or, à chaton contenant une miniature : Portrait de jeune femme, les cheveux poudrés, les épaules couvertes d'une mousseline blanche. XVIIIe siècle.

73 — Bague en or, à chaton ovale partiellement émaillé et contenant une miniature : Portrait de femme, les cheveux poudrés, vêtue d'un corsage rose à revers jaunes.

74 — Bague en or, à chaton ovale contenant une miniature : Portrait d'homme de profil, portant une perruque poudrée et vêtu d'un habit vert foncé ; entourage de demi-perles. Fin du XVIIIe siècle.

75 — Bague en cuivre, à chaton ovale contenant
une miniature : Portrait de femme, les cheveux poudrés, ornés d'un ruban bleu avec
perles fines, et vêtue d'un corsage marron.
École anglaise.

76 — Bague en or, à chaton contenant un fixé :
bouquet de fleurs, attribué à *Van Spaendonck*.
XVIIIe siècle.

77 à 86 — Onze bagues en bronze dites pa-
pales ou d'investiture, ornées de pierres de
couleur et d'inscriptions variées.

87 — Croix en or avec Christ partiellement
émaillé blanc. Travail espagnol de la fin du
XVIe siècle.

88 — Croix en or, ornée, sur une face, d'émeraudes et sur l'autre de feuillages exécutés
en émail. Espagne, fin du XVIe siècle.

89 — Croix en or partiellement émaillé, ornée
de trois petites perles. Espagne, fin du XVIe
siècle.

90 — Croix reliquaire en or émaillé, ornée des instruments de la Passion. Au revers, les cases destinées à contenir les reliques. Espagne, xvie siècle.

91 — Médaillon-reliquaire en or partiellement émaillé, contenant le Christ en croix entre les deux larrons. Espagne, xvie siècle.

92 — Pendeloque en or partiellement émaillé, ornée du monogramme du Christ exécuté en grenats et se détachant sur une couronne de feuillages et de rinceaux, ornée de petites perles. xvie siècle.

93 — Petit calvaire en argent sur base à six lobes. xvie siècle.

94 — Médaillon-pendeloque, orné de grenats et d'émeraudes. xviie siècle.

95 — Trois fibules en or, avec inscriptions. xive siècle.

96 — Deux boucles d'oreilles antiques en or et cure-dents-cure-oreilles en argent orné d'un petit personnage du xive siècle.

97 — Pendeloque en argent ajouré, représentant l'Adoration des Mages. Espagne, xviiie siècle.

98 — Médaille en argent, ornée d'un profil de personnage et d'inscriptions, de travail archaïque.

99 — Petit bas-relief rectangulaire en bois sculpté à nombreux personnages, de travail gréco-russe. Cadre en argent gravé.

100 — Sept cachets de potiers en bronze, à ornements et inscriptions variés. Travail galloromain.